SV

Durs Grünbein

Den Teuren Toten

33 Epitaphe

Suhrkamp

Erste Auflage 1994

Satz: LibroSatz, Kriftel
Druck: Nomos Verlagsgesellschaft, Baden-Baden
Printed in Germany
ISBN 3-518-40629-9

n. f. n. s. n. c.

Unklar weshalb, es ist so,
Wer weiß warum.
Sie alle
Machen sich aus dem Staub
Irgendwann.
Kommen an
Mit geschwollenen Adern
Gewollt oder ungewollt
Sind sie da,
bleiben
Nicht selten unfruchtbar,
Lärmen und suchen.
Sätze

Gegen die Stille schleudernd,
Mäkeln sie boshaft, so geht es,
So geht es nicht.

Bis eine weitere Urne voll ist,
Unter den leeren Himmeln
Ein Nachruf spricht.

Berlin. Ein Toter saß an dreizehn Wochen
Aufrecht vorm Fernseher, der lief, den Blick
Gebrochen. Im Fernsehn gab ein Fernsehkoch
Den guten Rat zum Kochen.
Verwesung und Gestank im Zimmer,
Hinter Gardinen blaues Flimmern, später
Die blanken Knochen.
Nichts
Sagten Nachbarn, die ihn scheu beäugten, denn
Sie alle dachten längst dasselbe: »Ich hab's
Gerochen.«
Ein Toter saß an dreizehn Wochen ...
Es war ein fraglos schönes Ende.
Jahrhundertwende.

Vorfall in einem Amsterdamer Kino. Zur Premiere
Des letzten Films, in dem der Held James Bond hieß
Starb gegen Ende, übertönt vom *soundtrack*

Aus Schüssen, Reifenquietschen, Explosion, Geschrei
Ein stadtbekannter Kritiker und Cineast im Dienst.
Erst als im Saal das Licht anging, der Abspann lief noch,

Fand im Parkett ihn einer seiner Leser
Friedlich entschlafen, auf dem Sitz nach vorn gebeugt,
Frei nach dem Drehbuch eines Herzanfalls, am Ziel.

Wie Mr. 007 hatte er sein Soll erfüllt.

Für tot erklärt (verschollen in der weiten Fremde)
Ward, vierzig Jahre nach dem letzten Krieg, im Stillen
Herr S. aus Dresden. Letzter Wohnort unbekannt

Stand in der Meldung, anonym verfaßt. Beschlossen
Hatte ein geisterhaftes Gremium, daß der Tod Herrn S.'
Schlag Zwölf im Jahre '51 eingetreten sei.
Zu dieser Zeit,
Das ließ sich denken, war Herr S. bereits geräuschlos
In Moos und Farn, Sand, Wind und Regen aufgegangen,
Zerstäubt als Asche zwischen Arktis und Sahara.

Doch warum anonym und vier Jahrzehnte später?
Warum kein Wort von Ort und Art des Todes?
Warum statt eines Nachrufs ein Beschluß?

So ohne Trauer, ohne Erben, ohne Grab,
Staubsauger Zeit, wer war Herr S.?

In einem Reisebus nach seiner letzten Rundfahrt durch Florenz
Am Ende einer Mammuttour quer durch Europa
Erlag ein älterer Japaner einem Krampf, so plötzlich
Daß der Verdacht aufs Essen fiel: Seeigel mit vergifteten
Spaghetti.

Die Augen waren ihm herausgequollen, kalter Schweiß
Stand auf der Stirn, die Hände zuckten wie an heißen Drähten,
Und immer lallte er . . . »Berlin« . . . »Paris« . . .
»Stockholm« . . . »Madrid«.

Erst Tage später stand die Diagnose fest. Ein Bulletin
Sprach vom Zusammenbruch des Kreislaufs durch
Kulturschock.
Wie andre einem Hitzeschlag erlag der Mann aus Japan
Dem seltenen *Stendhal-Syndrom* im dritten Grade, einer Folge

Der vielzuvielen Eiffeltürme, Petersdome, Prados . . .

O du, Tourist und Gruppenreisender, wo du auch herkommst,
Vergiß nie den Japaner, dem es schlimm erging. Bedenke
Wenn du Prospekte siehst und Urlaubsfilme

Daß du vielleicht nie wiederkehrst vom fremden Ort.

War es ein Grabstein auf dem Balkan, eine Tafel
Vor einem Mausoleum (Griechisch? Römisch? Byzantinisch?)
Ein Kenotaph für einen Niemand irgendwo am Schwarzen
Meer?

Stand da, Relief in Bronze, in Granit gehaun, graviert in
Marmor
Tatsächlich dieser ominöse Spruch *»Bin gleich zurück«*?
In welcher Sprache nur, für wen?

Fahrlässiges Betreiben eines Heißluftföns
Führte im Fall Frau Helga M.'s zu einem Unfall
Mit Todesfolge. Aus noch nicht geklärtem Grund

Hatte die Frau ihr Bad entgegen der Gewohnheit
Zum Haarabtrocknen nicht verlassen. Schlimmer noch,
Die Wanne halbvoll und bei schwachem Deckenlicht

Benutzte sie, die noch im Wasser lag, in aller Eile
Und ungeachtet der Gefahr den Fön im Netzanschluß.
Dabei geschah's.
Sie war schon tot, als sie ihr Gatte fand.
Der Polizei erklärte er, noch unter Schock:

»Die dreizehn Ehejahre waren hin wie nichts.«

In einem Anfall jäher Eifersucht, erlöst vom Lebenswillen
Sprang in Chicago eine Frau am Neujahrsmorgen
Durchs Fenster ihres Penthouse-Schlafraums auf die Straße,

Fast fünfzig Stockwerk tief.

Weil sie ihr Freund, im Fahrstuhl mit der besten Freundin
Durch Zufall eingesperrt, allein, infolge Havarie,
Im Trubel einer Neujahrsnacht, wer weiß, betrunken

Betrogen . . . hätte . . . haben . . . können, – gab sie auf

Am Ende eines langen Konjunktivs. Den Psychologen
Galt sie als Opfer eines *raptus*. Ihre Freundin
Sah eine Mischung aus Gerücht und Tragik. Ihrem Freund

Schien tödliche Grammatik hier am Werk. Die Leiche

Fand sich genau vor einer Kreuzung, auf der linken Fahrspur,
Wo wie die Fetzen eines Sprungtuchs, gut von oben lesbar
Die Aufschrift ONLY stand.

Nach schwerer Krankheit, einem arbeitsreichen Leben
Starb unser Vater, Kämpfer für den Fortschritt,
Zeitzeuge, Bestarbeiter, Mittelstürmer,

Verdienter Eisenbahner auf drei Dampf-Lok-Typen,
Leuchtendes Vorbild in den Tunneln der Geschichte
Aus denen aufzutauchen wenigen bestimmt war.

Um ihren Meister trauert die Brigade »Elfter Mai«,
Um den Genossen die Partei, um einen treuen Gatten
Die Kampfgefährtin die ihm lebenslang zur Seite stand.

In fester Zuversicht
Die Enkel.

Sie nimmt mich mit, die Traurigkeit der Körper.
Ekstasen, Schleim, die leeren Hülsen Haut.
Was da ins All abgeht, verrenkt, zerpulvert,
Lief einmal aufrecht, lächelnd, leichtgebaut.

Was dir bevorsteht, siehst du früh bei andern.
Erschreckend klar . . . Zukunft, durch Nichts ersetzt.
Leben ist ein Nullsummenspiel. Zuletzt
Bleibt im Gedächtnis nicht einmal dein eigner Tod.

Grausamer Selbstmord eines alten Manns in Innsbruck.
. . . Ursache ungeklärt . . . Vielleicht aus Einsamkeit,
Wie ein Experte glaubt, aus depressivem Frauenhaß,

Hat letzten Donnerstag ein kinderloser Witwer
Die weibliche Belegschaft einer Wäscherei schockiert.
Daß Alter kaum vor Perversionen schützt, beweist

Die eisige Gelassenheit, mit der der Mann am Morgen
Zur Tat schritt. Einen welken Rosenstrauß im Arm,
Betrat er das Geschäft, rief noch »Grüß Gott« und bat

Um ein Glas Wasser für die Herztabletten. Kaum allein
Verschwand er still im Nebenraum und legte seinen Kopf
Zwischen die Rollen einer Wäschemangel. Das Geräusch

Beschrieb ein Zeuge als das Knirschen einer Autopresse,
Sämtliche Wände bis zum zweiten Stock durchdringend.

Wie Chris (3 Jahre) seinen Bruder Bob (9 Jahre)
Im Spiel erschoß, vermerkt ein Polizeibericht
Aus Philadelphia.
                    Unterwegs auf allen vieren
Durch die verlassne Wohnung stieß der kleine Chris
Unter der Couch auf die Pistole seines Vaters, –
Ein Prachtstück, Marke Parabellum. Für ein Weilchen
Vergaß der Knabe alles ringsumher, den Hi-Fi-Turm,
Den Schrank mit Süßigkeiten, an der Wand den Elch,
Die Fernseh-Wundertruhe mit dem Kinderschloß . . .

Und spielte, spielte mit der Waffe *Großes Ich.*

Zehn Würmchenfinger um den schweren, kalten Griff
War er dabei das Zimmer neu zu buchstabieren
Wie im Computerspiel mit »Bang!« und »Crash!«
Da trat sein Bruder Bob herein,
                                        »Hands up!«
Rief Chris, und über beide Pfirsichbäckchen grinsend,
Drückte er ab in das verstörte, staunende Gesicht.
»Ich war zu müde« gab der Vater an. Beim Reinigen
Der Waffe tags zuvor sei er vorm Video eingenickt
Gerade als Amerika von UFO's . . .

Eiskalter Schampus war der Grund, daß eine Schülerin
In Holland an den Folgen eines Herzstillstands verstarb.
Die schüchterne Blondine, wegen ihrer dicken Waden

Verspottet oft, nahm unterm Druck der Klasse
An einem Wettkampf teil. In einem Nachtklub Amsterdams
Stritten zwei Dutzend Mädchen vor den Augen einer Jury
Vom Beifall angefeuert, um den schönsten Busen.

Im Rampenlicht, sehr nackt in einem nassen T-Shirt,
Gewann den Titten-Test, die am geschicktesten sich wand,
Bespritzt mit Sektschaum und die Brüste vorgewölbt

Das Schwein im Manne kitzelnd. Welcher Schock jedoch
Als diesmal die Umjubelte nicht wieder aufstand.
Bevor der Notdienst eintraf, war *Miß Sweet-sweet-Tits* schon tot.

Das Paris-Urteil fiel makaber aus. Der goldene Pokal,
Ein Kelch, halb Phallus und halb Tulpe, ging als schwacher Trost
Samt Preisgeld an die Hinterbliebenen des Mädchens.

Hinterm Ural, in einer unwegsamen Gegend, vor Jahrzehnten
Noch heimgesucht von Bären, Luchsen, Wölfen
In einer Industriestadt, aus dem Sumpf gestampft, dem Wald

Mit Motorsägen abgerungen, Brutgebiet der Fiebermücken,
Im legendären Planjahr '28 auf Beschluß der KPdSU
Gegründet nach dem Staatsplan zur Versorgung wichtiger
Regionen

Mit Energie (getreu der Lenin-Gleichung:
Daß Sowjetmacht plus Elektrifizierung Kommunismus sei)
In einer Heldenstadt im vorderen Sibirien, in Rekordzeit

Von Aktivisten aufgebaut und überzeugten Komsomolzen
Spielte sich sechzig Jahre später eine menschliche Tragödie ab.

Fünf Bergarbeiter
Stießen am 1. Mai, zum Kampf- und Feiertag
Der Proletarier aller Länder fröhlich auf die Zukunft an –

Mit ein paar Flaschen Methanol.
Für die fünf Männer,
Die im Delirium laut nach Stalin riefen, blind,
Dann, halb bewußtlos, nach dem Zaren, schließlich

Grausam krepierend, nach allen Heiligen und Gott,
Kam kurz darauf schon jeder Arzt zu spät. Den Unfall
Bedauerte ein Gremium aus Gewerkschaft und Partei.

Mit einer Kettensäge hat ein Farmer bei Corinth in Texas
Den Bruder seiner Tochter umgebracht. Der Stiefsohn,
Debil schon seit Geburt, war ihm in zweiter Ehe

Ins Haus gekommen. Ungeliebt, ein Opfer
Der Werbung seiner Mutter um den attraktiven Witwer,
Suchte der Junge oft die Nähe seiner Schwester. Lauernd,

Vom Farmer, den sein Töchterchen belauerte, belauert
(Und von der Mutter eingeschüchtert, die der falschen Tochter
Mißtraute, sie belauernd, Papas Liebling)

Vergriff er sich an ihr im Swimmingpool. Sekundenlang
Stand auf den Monitors der Überwachungskameras das Bild
Von einer Hand am Badeanzug, einem Mund am Hals,

Wie eine Szene aus *Kingkong*, –

Ein Ausschnitt wie ein Zündholz, das den Brand entfachte.
Dann spritzte Wasser auf, beruhigte sich, verlief in Wellen.

Der Farmer nagelte den Jungen auf die Werkzeugbank.
Die Mutter in der Küche drehte voll das Radio auf.
Das Mädchen schloß sich in ihr Zimmer ein und masturbierte.

Wie kreuzgefährlich Rituale sind, auch unter Christen,
Zeigt eine Hiobsbotschaft aus Südafrika.
In einem Fluß in Swaziland, bei einer Taufe,

Ertrank ein junger Schwarzer. Noch bevor der Spruch
Des Priesters ganz zu Ende war, trug ihn die Flut davon,
Stromabwärts über scharfe Felsen. Die Gemeinde

Verlor ihn in Sekunden aus dem Blick. Sein Kopf,
Melonengleich, trieb erst zur Mitte, dann versank er
In einem wilden Strudel. Halb schon Christ,

Und halb noch Heide, ging er zwischen beiden Ufern
Verloren in den trüben Wellen, bis er röchelnd
Das Sakrament des Krokodils empfing.

Von einer Maus getötet, kam im fernen Reykjavik
Ein alter Seemann um, der in den Hafenkneipen
Von Istanbul bis Caracas, von Rio bis Shanghai
Für seine Unerschrockenheit berühmt war.
Was fünfzig Jahre Seefahrt nicht vermochten,
Schaffte ein kleines Nagetier nach einer rauhen Nacht.

Nichts hatte ihn so an den Rand gebracht,
Kein Schiffbruch, kein Beschuß im Krieg, kein Sturm
Vor Feuerland, das schwere Treibeis in den Buchten
Der Barentsee, beim Walfang keine Havarie,
Weder der Waffenschmuggel noch an Bord die Ruhr
Wie diese fürchterliche Maus im letzten Hafen.

Wie viele Krisen hatte er nicht schon verschlafen.
Neun Leben wie die Katze hatte er gehabt, dann kam
An einem Morgen nach durchzechter Nacht
Sein Schicksal mit den Augen einer fetten weißen
Grinsenden Maus, die vor ihm auf und niedersprang.
Delirium tremens hieß das schaurige Gezisch,

Zu dem die Seemannslieder schmolzen in der Gischt:
Ein schrilles Piepsen wie aus spitzen rosa Schnauzen,
Ein Todesschrei, wie durch die Brandung der Refrain
Des Alkohols in einem alten Kopf. Im Schock erstarrt
Beim Anblick jener Maus stand er Minuten aufrecht
Bis er im Stillen Ozean der Psychose unterging.

Durch Amoklauf, ganz landesüblich, ging auf Lombok
Ein Straßenhändler vor die Hunde. Überhitzt,
Von säbelzähnigen Dämonen toll, erlag der Arme

Blutüberströmt der jähen Raserei. Mit seinem Kris,
Dem Krummdolch, reich verziert, stieß sich der Indonesier
Mehrmals in Brust und Bauch, bis aus den Wunden,

Ein Sack voll Schlangen, die Organe quollen. Lautlos,
Verstrickt in Wurzeln des Waringin-Baums,
Sah sich der Mann im Spiegel eines Blechkanisters

Beim Sterben zu. In diesem längsten Augenblick
Ging er die Kette seiner Ahnen durch und fand am Ende
Verröchelnd sich am Anfang wieder als der Urahn,

Die trübe Seele, einst vom Meer hier ausgespuckt.

Daß sich beim Weißen Hai
Der Oberrand des Mauls weit übers Zahnfleisch schiebt,
War lange Inbegriff des Häßlichen und Aggressiven.

Wie wenig Grund zur Angst
Für Schwimmer oder Surfer, selbst für Tiefseetaucher
Gegeben sei, betonten Meeresforscher immer wieder.

Das alles nützte einem Herrn
Aus Finnland, unterwegs durch die Karibik, wenig.
Sein Ehrgeiz, weit hinauszuschwimmen zum Korallenriff,

Allein bei ruhiger See,
War so unstillbar, daß ihn nichts zurückhielt. Angelockt
Von Schwärmen blauer Fische, trieb er weit vom Ufer ab,

Zuletzt nurmehr ein Punkt,
Um den sich still ein Wirbel bildete, aus Rückenflossen
Ein Zug aus Kurven und Hyperbeln, geometrisch elegant.

Wer, Mann am Steuer verblutet, bist du gewesen bevor
Dieser schreckliche Unfall geschah? Mit Tempo 200
Trug dein Mercedes dich aus der Kurve. Bei glatter Straße
Wurde ein Baum dir zum Schicksal, ein steiniger Graben.

Schneidbrenner brauchte es, dich zu befrein. Groß
War der Blechschaden, unermeßlich der Schrecken,
Als dein Körper zum Vorschein kam, einzeln die Glieder
Und ganz zuletzt erst dein Kopf mit dem verdutzten Gesicht.

Und nachher werden sie eingedeckt
Jedes Jahr wieder, im Sommer,
Im Winter, kommt Grün darüber,

Zweige von Efeu, ein Nest
Aus Tannenreisig und Lorbeer,
Milchweiße Alpenveilchen im Schnee.

Pünktlich werden sie eingedeckt,
Als ob sie noch frieren, als ob
Sie noch hören könnten. Das Ohr

Einer Calla bleibt offen, ihr Stiel
Wie ein Hörrohr im Erdreich . . .
Mit Blumen werden sie eingedeckt,

Mit Kerzen und Sprüchen, sogar
Mit Gebeten, gefalteten Händen
Entspringend wie Fliegen.

Und nachher werden sie abgeräumt,
Jedes Jahr wieder, im Sommer,
Im Winter, wird Platz gemacht

Für die nächsten, wird ausgefegt.
Eingeholt werden die Knochen,
Die Schädel verbrannt. Asche

Ist was noch übrigbleibt, bald
Verstreut, eine Tafel mit Namen
Und Zahlen, ein Memento mori

Am falschen Ort.

Ein Mann in Belgien ist von seinem treuen Hund
Erschossen worden auf der Fahrt zur Jagd
Wie eine Zeitung unter *Kuriose Welt* vermeldet.

Der Mann aus Belgien saß zuletzt in seinem Jeep
Am Steuer ahnungslos und auf der Rücksitzbank,
Die Flinte neben sich, saß ahnungslos der Hund.

Wie immer schauten beide in dieselbe Richtung
Wo sich der Wald hinzog, – schweigsam der Mann,
Sein Jagdhund hechelnd, weil es schwül war, Sommer.

Es war der letzte Sommer für den Mann. Verschreckt
Vom holprigen Gelände sprang der Hund vom Sitz
Und löste einen Schuß aus, der sein Herrchen tötete.

Ach, beide Belgier könnten heut noch unterwegs sein,
Das ideale Paar, wenn nicht ein Schlagloch
Die Freundschaft dumpf zerrissen hätte. Schade.

Verzagt. – Im Schließfach eines Fernbahnhofs in Rom
Fand sich die Leiche eines neugebornen Kindes,
Kaum eine Woche alt. Die Nabelwunde war noch frisch.

Noch war der Name auf der Haut nicht angetrocknet,
Kaum sichtbar das Geschlecht, da lag das Bündel
Schon festverschnürt bereit zur Reise

In einen andern Automaten-Limbo, in ein andres Licht.

Um sich der Aufsicht seines Körpers zu entziehn, dem
Pulsschlag
So unabänderlich, den blauen Adern, seinem flachen Atem
Der ihm geräuschvoll in den roten Ohren lag, um seinen Kropf,

Bauch, Hasenscharte, Doppelkinn und diese roten Ohren selbst
Mit einem Blitzschlag loszuwerden, den Geruch von Schweiß
Im Delta seiner Lebenslinien, in den stark behaarten Achseln,

Um Blut und Sperma, Proteine aller Art, ohne den Umweg
Langer Verwesung zu bloßem Kohlenstoff zu reduzieren,

Sprengte ein Chemiker in Wien sich in die Luft, nicht ohne
Die Adern vorher aufgeschlitzt, ein Reagenzglas Brom
geschluckt
Und sich mit einem Liter Flugbenzin besprüht zu haben.

So fad, so öd, so trist wie seins,
Erklärte er, sei wohl kein Leben je gewesen.
Schon *ab ovo*
Sei alles schiefgelaufen, einfach alles.
Nach einer Soiree für Freunde der Musik
Sei Gott in Zwölftonschritten durch sein Fleisch gegangen.

In seinem Abschiedsbrief stand noch die Notenfolge
Vom Thema eines Streichquartetts, in dem sich Freud
Den Regeln Boltzmanns unterwirft.
Der Komponist war ein gewisser Arnold Schönberg.

In einer U-Bahn, früh am Morgen, lag ein Toter
Erwürgt mit einem Draht. Aus seinen Ohren quoll
Musik aus einem *walkman* irgendwo im Innern

Der Lederjacke, blutverschmiert. Sein kahler Schädel
Hing über die zerstochne Sitzbank wo mit Filzstift
In Kinderschrift geschrieben stand »Du Arschloch!«

Mit einer roten Zipfelmütze auf dem Kopf starb in Rheinhessen
Auf seinem Weingut (Schiefer, Südhang, Müller-Thurgau)
Ein deutscher Winzer, wie sich bald ergab, durch Selbstmord.

Des Nachbars Schäferhund fand ihn nach Tagen beim
Durchstöbern
Des Kellers zwischen Traubenmühlen, Tresterpressen, Körben
Erstickt in einem Holzfaß hockend, in fötaler Stellung,
Ein somnambuler Gartenzwerg mit Schaum vorm Mund.

Für sein Verschwinden keinen Grund sah seine Frau,
Die ihn im regionalen Fernsehn rufen ließ, zur besten Sendezeit:
»Mein lieber Mann, komm bald nach Hause, auf dich wartet

Dein Leibgericht, die Rebenernte und dein Weib.«

Der Mann, zur Zeit des Hilferufs schon tot, galt als
zurückgezogen.
Die einen hielten ihn für melancholisch, einem Schulfreund
Erschien er als Phlegmatiker. Cholerisch

Nannten die Herren vom Finanzamt ihn. Ein Sanguiniker,
Sei er gewesen, beteuerte die Mutter bis zuletzt.
Von seinen Schulden wußte nicht einmal die Frau.

Im freien Fall erlebte seine letzten Augenblicke
Ein Millionär aus Oklahoma, der sein Geld
Mit Fleisch verdient, mit Kunst veredelt hatte.
                    Einmal Fallschirmspringen,
Das war sein größter Wunsch, mit achtzig Jahren
Auf seinen Golfplatz sanft herabzuschweben,
Ein junger Griechengott in Flügelschuhn.
Doch es kam anders. Weil beim Jungfernsprung
Aus tausend Meter Höhe der Verschluß blockierte,
Blieb das Paket auf seinem Rücken ungeöffnet.
Wie himmlisch war dem alten Mann zumute,
Bevor er aufschlug wie ein nasser Klumpen Lehm.

Dieser da starb nicht im Staub der Arena wie seinesgleichen.
Wenn auch ein Gladiator nur, Kriegsbeute vom Oberen Nil,
Ward ihm doch Ehre genügend zuteil. Seine Kampfkraft

Verlor er an einen Parther, der ihm nach zähem Streit
Mit der Klinge die Hirnschale aufbrach, die schützende Hülle.

Galenos aus Pergamon war es, der ihn lebendigen Leibes
Operierte, die Knochenstücke entfernend, das helle Gehirn
In den pechschwarzen Schädel zurecht ihm drückend mit
Vorsicht.

Doch hielten ihn schon seine fremden Götter umfangen
Mit Schlaf. An der schweren Verletzung erlag er, vergeblich
Von jenem größten Heilarzt seit Hippokrates behandelt.

Ein Schreck fürs Leben und ein Schock zum Tod
Sind nicht dasselbe. Wenn das Herz aussetzt,
Stürzt der gequälte Körper aus der Zeit.
                                        Ein Kind

Starb beim Durchfahren einer Geisterbahn
In einem Lunapark am Stadtrand von Turin,
Im Beisein seiner Mutter. Überwältigt

Von Dracula und Frankenstein, erbrach es sich
Beim Anblick einer Wasserleiche in den Wagen.
In einer Kurve trat ihm ein Skelett entgegen,
Aus einer Grotte ein Gehenkter.
                              Vor dem Zwerg
Mit blutverschmiertem Kopf schloß es die Augen.
Dann kam ein Werwolf. Herzversagen.

An einer unbekannten Krankheit, durch Verhexung
Starb in den Dschungeln Neu-Guineas der Gelehrte G.,
Ein Ethnologe alter Schule. Immer selbst vor Ort,

Verbrachte er die besten Jahre unter Eingeborenen
Am Golf von Papua. Sein Lebenswerk
War eine Studie zur Funktion von Sprache und Magie.

»Er wußte, daß er todgeweiht war . . .«, sagten Freunde,
Die seinen Mut bewunderten. Bei einer Stammesfehde
Vergeblich als Vermittler zwischen den Rivalen,
Geriet er bald in einen Hinterhalt.
Als weiße Geisel
In einem Erdloch eingesperrt, bespuckt von Kindern,
Schrieb er die bösen Flüche mit, die man ihm zuschrie
Im Ritual des Schadenzaubers, sieben Stunden lang.

In seinem Blick, im Fieber später, auf dem Sterbebett
Lag diese Urgeduld der Leguane und der Echsen.
Sein letztes Wort war »Langgasutap . . . langgasutap . . .«.

Nicht gut erging es einem Sträfling in Nordirland,
Der eines Tages einen Ausbruch wagte. Jahrelang
War er in fremde Häuser eingedrungen, diesmal
Galt es herauszukommen . . .
Sein verrückter Plan
Sah einen Fluchtweg durch den Müllschacht vor.
In einer Abfalltonne, unter schwarzen Plastiksäcken
Verbrachte er die Nacht, das Leben hinter Gittern
Vergessend im Gestank, die monotonen Wochen
Und Frau und Kind. Dann wurde er bewußtlos.
Und längst erkaltet trat er seine Reise an,
Am andern Morgen, in die Freiheit.
Seine Leiche
War schon entstellt als man sie später fand im Müll,
Zermalmt auf dem Transport, die Augen ausgehackt
Von Krähen, unter Dieben, splitternackt, ein Dieb.

Und mancher landete wie er im Müll, und mancher
Fand sich zuletzt auf einer Halde, offnen Brustkorbs,
Im Schädel Regenwasser, ringsum Nacht.

Pseudonymus No. 13

Die hier versammelten Gedichte und Gedichtfragmente, nach dem Vorbild antiker Grabinschriften *Epitaphe* genannt, fand der Herausgeber in einem Dresdner Dachboden-Archiv. Sie sind Teil einer Sammlung literarischer Zeugnisse des Todes in den verschiedenen Weltkulturen. Das Konvolut, das der Auswahl zugrunde lag, befand sich im Besitz einer Familie, aus der in dritter Generation mittlerweile Ethnologen und Anthropologen entstammten. Die vorliegenden Zeilen wurden teils auf Reisen, in geduldiger Feldforschung vor Ort, teils in der Rückschau und nach Auswertung der unterschiedlichsten Zeugnisse verfaßt, nur ihr Anlaß war immer derselbe.

Freie Verse in der Form kleiner *carmina funebra* sind es, wie eine geschwärzte Fußnote festhält:

»Berichte vom Untergang unbedeutender Menschen.«

Geschrieben in der zweiten Hälfte des zwanzigsten Jahrhunderts, folgen sie der in akademischen Kreisen lange Zeit beliebten Tradition des Laien-Epigramms. Vater der Stammform ist Simonides von Keos, Erfinder des marmornen Spruchs, der in keiner griechischen Anthologie fehlt, ein Wiedergänger im kollektiven Unbewußten jeder trauernden Nachwelt seither. Wie weit das Epigramm sich von den markanten Zweizeilern der Frühzeit entfernen kann, zeigt dieser Fund, in dem sich Spuren so vieler literarischer Grab-

räuber finden, daß ihre Namensliste barocke Ausmaße hätte.
Auffällig schmucklos, betont dürftig in der Öde ihrer faktischen Details, sind es vor allem Armutszeugnisse, trist wie die Pappschilder an den Füßen mancher Leichen im Schauhaus, selten Gedichte. Aus ihnen spricht weder Lebensweisheit noch Jenseitsglaube. Ihr Reich sind die Zettelkästen, nicht die Annalen der Kondolenz.
Unterzeichnet hat sie, in latinisierender Kapitalschrift, ein gewisser *Pseudonymus No. 13*. In den Papieren kommt er gleich an mehreren Stellen, mitunter auch abgekürzt als *P13*, zu Wort. Wie es scheint, sah er sich selbst gern als einen späten Nachfahren antiker Scholiasten, dem jede Moderne und jegliche Vorzeit in isolierter Wahrnehmung zusammenfielen.
Bezeichnend ist sein sarkastischer Bezug zu den Dingen, der distanzierte Blick für die archetypischen Gegenstände einer Zeit, den die Gedichte in ihrer kahlen Ausstattung bewahren. Plastische Artefakte, spielen die Dinge gleichzeitig die Rolle tückischer Objekte und exemplarischer Stillebenmotive, Requisiten in den Gemälden eines grausamen Manieristen. Die *Kettensäge*, der *Haarfön*, ein *Fernseher* . . ., als Beweisstücke in den so geizig skizzierten Situationen repräsentieren sie jeweils eine historisch genau bestimmbare Dingwelt, etwa die Welt nach Stalingrad, Europa im Kalten Krieg, das Amerika des Elektronischen Zeitalters usw.
Einige halten *P13* deshalb für einen Decknamen, der sich im Dunkel verschiedener Sächsischer Dichter-

schulen verliert, andere sehen in ihm den Forscher selbst. Mehr als einmal stößt man bei ihm auf die bekannte altrömische Abkürzungsformel

n. f. n. s. n. c.

das *Non fui non sum non curo*, den Ohrwurm aller materialistischen Skeptiker. »Ich bin nicht gewesen, ich bin nicht, es ist mir gleich.« In diesem Zeichen, das läßt sich vermuten, sah er sein eigenes Leben als Provisorium zwischen zwei Ewigkeiten, als vergängliches und vergessenes Intervall.

So registriert man mit Staunen, wie aus dem Thanatologen unversehens der Dichter hervortritt, während umgekehrt sich der Dichter hinter dem Sammler und Kommentatoren verbirgt. Daß aus dem Todesthema schließlich ein Lebenswerk wurde, sei nur erwähnt. Zurück blieb der berühmte Torso einer Studie über das Verschwinden des Grabspruchs in der modernen europäischen Zivilisation.

Was einst zum Lob des Verstorbenen sprach, gemeißelt als Inschrift auf Tafeln und Grabplatten, in steinernen Monumenten und an den Wänden von Sarkophagen, verbirgt sich heute als sachliches Fazit, verkürzt zur Notiz, in der Tageszeitung. In der Neuzeit ist nur die christliche Schwundform geblieben: hier die Todesanzeige im Feuilleton, dort die blutrünstige Meldung in den Spalten der Boulevardblätter. Erfüllt hat sich, was schon das Mittelalter den Sterblichen prophezeite: »Der Leib geht dahin wie eine Loderasche. Und der Geist zerflattert im Wind. Niemand wird unseres Namens gedenken.«

Den Verfasser hat dieser Verfall zeitlebens beschäftigt. Vergeblich suchte er unter den trauernden Zeitgenossen das in Stein gemeißelte Memento mori, die unendlich reichhaltige Hinterbliebenenpoesie der antiken Mittelmeerwelt. Nur in den Diktaturen der Neuzeit, zumeist sklerotischen Regimes, brüchiger als Rom, verkalkter als Byzanz, fand er noch Reste der alten Formen des Angedenkens. Nur dort, im aufgeblasenen Totenkult, in den jährlich wiederkehrenden Paraden, wo die *Teuren Toten* als Helden und Märtyrer mit den Lebenden mitmarschierten, hörte er fern die Echos altertümlicher Pietät. So glichen die Zentren osteuropäischer Hauptstädte den Nekropolen Etruriens, mit unterirdischen Kranzstätten und Mausoleen, vor denen Mahnwachen den Besucher empfingen. Wenn seine Führer starben, spielte der Rundfunk dem Volk tagelang Trauermusik vor, während im Schrittempo der Sarg auf einer Lafette zur letzten Ruhestatt fuhr. Vieles erinnerte an die Zeiten, als man den mumifizierten Ägypterkönigen noch ganze Häuser baute und Alexander der Große, in Honig einbalsamiert, die Diadochenzeit überdauerte. Der Tod, jenseits der Lebensnischen war er allgegenwärtig in der Betonarchitektur, in einer kanonisierten Sprache, im Dämmern der Zeit unterm Ewigkeitsanspruch der Revolution. In solchen Gesellschaften sammelte der Verfasser einige seiner schönsten Belege.

Es kann als sicher gelten, daß die These von der grundsätzlichen Ritualisierung jeder Rede über Tote auf derartige Zeugnisse zurückgeht. Schwer zu erschüttern in ihrer Ausdrucksbanalität, haben sie ihm als erstes die Augen geöffnet für das Phänomen der *Semantischen Tristesse*, dieses Leitmotiv seiner Arbeit. Beharrlich führte sein Weg ihn hinein in ein Schattenreich der Rhetorik. Begriffe wie *posthume Innenstimme, Todessinn* oder *perimortale Metapher* sind aus den Schriften zur Thanato-Philologie seither nicht mehr wegzudenken. Dennoch zeigt erst der vorliegende Fund die andere, die unorthodoxe Seite des Unternehmens.

Erschrockener Leser, dies ist alles andere als ein böswilliger Haufen tödlicher Unfälle und Abgesänge. Ihr anonymer Verfasser hat jederzeit sein gewaltiges Thema im Auge behalten, in der ihm eigenen Ordnung. Wo immer er innehielt, war humanistischer Boden gutgemacht. Noch in seinem peruanischen Exil, am Rande der Nazca-Wüste, wo er die Landschaft nach präkolumbischen Grabzeugnissen durchforschte, blieb er wie Marc Aurel unbeirrbar auf Todeskurs. So fand sich in seinen Aufzeichnungen unter den Schlagworten *Seelenfrieden* und *Trost* gleich mehrfach ein Blatt selben Inhalts exzerpiert. Es enthielt einen Auszug aus der Grabrede, die der Physiker Boltzmann seinem Kollegen Loschmidt zum Abschied in Form einer Vorlesung gehalten hatte. Wie groß der wissenschaftliche Radius des *P13* gewesen sein muß, zeigt gerade dieser ungewöhnliche Nekrolog, ein Dokument der Wärmetheorie, eine Art Umkehreinwand, posthum, unter Wegbereitern. Er schließt mit den Worten:
»Nun ist Loschmidts Leib in seine Atome zerfallen; in wie viele, können wir aus den von ihm gewonnenen

Prinzipien berechnen, und ich habe, damit es in einer Rede zu Ehren eines Experimentalphysikers nicht an jeder Demonstration fehle, die betreffende Zahl dort an die Tafel schreiben lassen (10 Quadrillionen = 10^{25}). Diese Zahl ist freilich nur eine runde. Das kleinste Härchen würde Billionen hinzufügen; es können 10mal so viel oder auch 10mal so wenig, sagen wir 100mal so viel oder so wenig Atome sein, aber größer ist der Fehler wohl sicher nicht. Sie werden begreifen, daß bei einer Zahl, von deren Größenordnung man vorher nicht die leiseste Ahnung hatte, selbst eine so ungefähre Bestimmung schon eine Errungenschaft ist, begreifen die Worte des eingangs gehörten Liedes:

Kannst du den kleinsten Staub fühllos beschau'n?«

In gleicher Ausstattung liegen vor:

Samuel Beckett: Die Welt und die Hose

Thomas Bernhard: Claus Peymann kauft sich eine Hose und geht mit mir essen

Thomas Bernhard: Ereignisse

Volker Braun: Bodenloser Satz

Volker Braun: Iphigenie in Freiheit

Irene Dische: Der Doktor braucht ein Heim

Marguerite Duras: Schreiben

Hans Magnus Enzensberger: Aussichten auf den Bürgerkrieg

Hans Magnus Enzensberger: Die Große Wanderung

Werner Fritsch: Sense

Durs Grünbein: Den Teuren Toten

Wolfgang Hildesheimer: Rede an die Jugend

Bohumil Hrabal: Die Zauberflöte

Hans Jonas: Philosophie. Rückschau und Vorschau am Ende des Jahrhunderts

Bodo Kirchhoff: Der Ansager einer Stripteasenummer gibt nicht auf

Wolfgang Koeppen: Es war einmal in Masuren

Angela Krauß: Der Dienst

Valeria Narbikova: Wettlauf. Lauf

Paul Nizon: Das Auge des Kuriers

Cees Nooteboom: Der Buddha hinter dem Bretterzaun

Cees Nooteboom: Mokusei! Eine Liebesgeschichte

Amos Oz: Der Berg des bösen Rates

Octavio Paz: Lektüre und Kontemplation

Peter Sloterdijk: Im selben Boot

Peter Sloterdijk: Falls Europa erwacht

Mario Vargas Llosa: Geheime Geschichte eines Romans

Suhrkamp Verlag

Durs Grünbein
Den Teuren Toten

»Bleib stehen, Wanderer, und lies!« riefen vor zweitausend Jahren die Grabsteine dem Vorübergehenden zu. Inschriften sprachen von den Vergnügungen des Gestorbenen, von Beruf und Verdienst, Charakter und Familie. Heute schweigen den Eiligen allenfalls ein paar Ziffern an, über denen ein Name im Leeren verharrt, beziehungslos, entlassen aus jedem Zusammenhang. Kein Zwiegespräch mehr von Diesseits und Jenseits ...
Es ist lange her, daß in diesen Breiten die Toten zu sprechen aufgehört haben. Die Kulturgeschichte kennt Zeiten beredten und Zeiten stummen Gedenkens, sie kennt auch die Sprachlosigkeit und das leere Schweigen. In Kulturen, denen der Tod zum Tabu geworden ist, weil sie ihre eigene Sterblichkeit hysterisch hinter ›Jetztzeit‹ verbergen, ist nur mehr indirekt die Rede vom Ende. Alles im Griff zu haben, nur ›das‹ nicht, muß kränkend sein für das einzige Lebewesen, das sich mit seiner Lage nicht abfinden kann. Der Effekt kann nur ein komischer sein, wo Bedauern an die Stelle von Trauer tritt. Wo gestorben wird, ohne daß man den Toten Gehör schenkt, hat schwarzer Humor seinen Augenblick.

Durs Grünbein, in den letzten Jahren bekannt geworden mit seinen Gedichtbüchern »Grauzone morgens« (1988), »Schädelbasislektion« (1991) und »Falten und Fallen« (1994), zieht sich diesmal ins Halbdunkel ungewisser Autorschaft zurück. Von dort tritt er mehrstimmig hervor als Philologe, Herausgeber, Nachdichter und Kompilator seiner Notizbücher.
Die 33 Epitaphe *Den Teuren Toten* singen das Lob der Entfremdung. Lächerlich macht sich das Leben in seiner vergeblichen Wiederkehr, sieht man es als den Reinfall des Endes.

»Seit den Tagen des jungen Enzensberger, ja, vielleicht seit dem ersten Auftreten Hugo von Hofmannsthals hat es in der deutschsprachigen Lyrik einen solchen alle Interessierten hinreißenden Götterliebling nicht mehr gegeben.«
Gustav Seibt, Frankfurter Allgemeine Zeitung

»Man muß nicht gleich mit Epochenbewußtsein rezensieren, um Grünbein dennoch für die wohl wichtigste deutsche Lyrik-Entdeckung seit 1989 zu halten.«
Eberhard Falcke, Die Zeit